martine
princesses et chevaliers

Texte de Jean-Louis Marlier

Martine et sa famille s'activent fièvreusement, et ils ne sont pas les seuls ! La confrérie est présente au grand complet : le boucher, le quincaillier, le facteur, sa sœur médecin et puis tous les autres.

– J'ai encore besoin du tissu orange ! crie Solange.

– Pas facile de confectionner un hennin ! dit Sophie, dont le chapeau trop mou fait la grimace.

– Je n'ai pas l'air trop ridicule avec ces poulaines et ce pourpoint ? s'inquiète papa.
– Patapouf, apporte-moi cette boîte de clous ! demande grand-père. J'en ai besoin pour terminer la décoration du chariot.

À deux pas de là, les fils de Paul s'entraînent dur. L'instituteur joue le maître d'armes. Il leur apprend comment simuler un combat sans jamais se faire mal.
Martine, quant à elle, termine la couture de sa robe avec maman, car demain elle sera princesse !

Le grand jour est arrivé, mais Patapouf n'a pas encore bien compris ce qui se passe.

– Pourquoi cette charrette ? Pourquoi êtes-vous déguisés ? Où allons-nous ? demande-t-il à Martine.

– Nous partons tous en voyage, lui répond la fillette.

– En voyage ? Mais où ? insiste le chien.

– Très, très loin, et pourtant tout près d'ici. Un pays où il n'y a ni voitures ni bicyclettes. Pas même d'électricité… tu te rends compte ?

– Très loin et tout près ? Martine devient folle, se dit Patapouf… ils sont tous fous !

Hue-dia… le chariot franchit la porte de pierre de la vieille ville.
Mais… c'est bien la rue que Patapouf voit chaque jour et pourtant rien n'est plus pareil, plus de bruits de moteurs ni de klaxons…
Là-bas, Silvaine, la pervenche, dans un drôle d'uniforme, fait disparaître le sens interdit sous un grand drapeau.
Très près et très loin… nous sommes dans la même ville mais … au Moyen-âge.

Sur la place, l'écrivain public propose calligraphies et lettres d'amour.

La boulangère vend son pain tout chaud et le colporteur, son élixir miracle.

– Souhaitez-vous un joli pot ? Ou une cruche ? demande un artisan.
Martine éclate de rire en le reconnaissant. C'est Bernard, le banquier qu'elle croise d'habitude en chemise blanche et cravate.
Le voilà aujourd'hui derrière un tour de potier, de la glaise plein les mains.
Plus loin, Sandra tient la quenouille et Cathy montre aux chalands de lourdes étoffes décorées de dragons, de fleurs, de chevaliers.
– Comme ce tissu ferait une jolie robe, se dit Martine.
– Faites place ! Manants !
Tout le monde s'écarte plein d'admiration. Guillaume passe sur son cheval.
Il porte l'habit d'un grand personnage, son faucon sur le poing.

Les yeux levés pour
l'admirer, Martine n'a pas vu
l'armure gisant à ses pieds. Elle manque de tomber !

– Oh ! Pardon, monsieur… dit-elle.

– À qui dis-tu monsieur ? demande Patapouf qui s'est approché prudemment. Il n'y a personne là-dedans.

– Bonjour Martine ! lance gaiement le père Julien. Aujourd'hui je suis forgeron. J'ai bien du travail ! Ce heaume n'est pas facile à défroisser.

Et BING, et BING. Son gros marteau résonne sur l'enclume.

– Bien le bonjour,
gente damoiselle ! dit une voix derrière Martine.

– Cédric !

Martine est si heureuse de le retrouver. Ça fait tellement longtemps !

– Je t'ai reconnue tout de suite dit le garçon. Quelle jolie robe ! Idéale pour le bal !

Si tu veux, je t'y emmène… oui ?

Le sourire de Martine est une réponse.

La prenant fièrement par la main, il se fraie un chemin parmi la foule des badauds.

La placette aux oignons est occupée par la cour d'un seigneur et par ses musiciens.

– Acceptez-vous cette danse ? demande Cédric…

Martine n'attendait que cela.

Mais voilà que sonne la cloche de l'église !

– Déjà ? Vite, je vais être en retard pour la quintaine !

– La quintaine ? C'est quoi ? demande Martine.

– Suis-moi et tu verras !

– On ne passe pas ! dit soudain d'une grosse voix le capitaine des archers. Nous recherchons de nouvelles recrues. Voulez-vous essayer ? Double solde à qui mettra la flèche dans la cible de paille, là-bas à quarante pas.

Comme c'est dur de tendre cette corde ! La flèche de Cédric prend son vol mais se fiche dans le sol à peu de distance.

La flèche de Martine… hem, il vaut mieux ne pas en parler.

C'est qu'il faut beaucoup d'entraînement pour utiliser un arc !

Le capitaine les laisse partir. Ils ne seront jamais archers du roi.

Plus loin on se bat à l'épée…

– Je sais que c'est un combat pour rire, dit Martine, mais c'est très impressionnant !

Clang, bling, les épées s'entrechoquent, les moins vaillants préfèrent bien vite rendre les armes. Pas si facile, la vie de chevalier ! Soudain, Bénédicte, la crémière de la rue des hérons entre en lice, forte comme un cheval. Trois tours de poignet et voilà les plus farauds désarmés et honteux…

– Vive Bénédicte, crie en chœur la foule.

– Attention la tête ! Massues et diabolos volent dans les airs.
Envahissant la place, les jongleurs mettent fin aux hostilités.
Deux boules, c'est fastoche ! Trois c'est déjà plus compliqué !
– Vas-y Martine, plus haut, plus vite !
– Martine ! Viens ! je vais être
en retard ! presse Cédric.

Voilà enfin la quintaine !
Monté sur un cheval, en plein galop
et du bout de la lance, il faut percuter le bouclier
du mannequin ! Mais attention ! Celui-ci se défend
car il tourne sur lui-même et vous frappe par derrière.
Si vous n'êtes pas bon cavalier, gare à vous ;
vous mordrez la poussière !
Cédric monte sur son fier destrier.
Martine s'avance vers lui, très sérieuse.
Et comme le font les princesses pour les preux
chevaliers, elle attache à la lance le ruban de sa coiffe.

– Chevalier, je fais de vous mon champion ! dit-elle.

Cédric salue alors l'assemblée qui applaudit et s'avance seul sur le champ clos.

Attention ! Le moment est grave… il se concentre, le cheval frémit… il s'élance !

Frisson dans l'assemblée. Le choc est brutal, la quintaine tourne dans sa terrible riposte… mais Cédric se baisse et évite le choc de justesse…

Ouf ! Martine respire enfin ! Son héros est sain et sauf et il a prouvé sa bravoure.

La nuit est maintenant tombée sur la fête.
– Les émotions, ça creuse, dit Martine.
– Asseyez-vous les enfants, dit une commère, je vais vous préparer pour chacun un beau morceau. Vous m’en direz des nouvelles !
Au-dessus du brasier, gigots et cochons de lait cuisent doucement.
Le feu crépite, sa belle lumière caresse les visages.

– Comme on est bien, dit Martine. J’aimerais pouvoir m’endormir là, à la belle étoile, près du feu.

Mais ce n'est pas le moment du coucher.
Un cortège s'avance conduit par la joyeuse musique d'une flûte et d'un luth. Ce sont les baladins qui s'en viennent conter fables et historiettes.
– Gentes dames et damoiseaux, approchez de nos tréteaux.
Oyez l'histoire du goupil nommé Renart
et de son malheureux cousin le loup Isengrain.
Et avec quelques masques, la mélodie des voix, la magie des ombres et des lumières, voilà que tout un bestiaire envahit l'espace.

Puis, les comédiens racontent l'histoire du bon Saint Georges terrassant la bête.

Soudain, alors que tombent les masques, une flamme fabuleuse monte dans le ciel.
– Au secours, crie Patapouf ! Un dragon !
Pas de dragon, mais des cracheurs de feu. Point final du spectacle, ils illuminent l'espace pour que vive encore la lumière, pour que dure la fête.
Tout cela est tellement beau que Martine se sent soudain un peu triste.
– J'avais presque oublié le vrai monde, dit-elle. J'ai du mal à croire que demain tout sera redevenu comme avant.
De nouveau les voitures et tout le reste !

– Oui, mais aussi le téléphone ! dit Cédric ! Maintenant que nous nous sommes retrouvés, on va s'appeler !

– Oui Chevalier, vous avez raison ! dit Martine qui retrouve le sourire ! Allez ! On va fêter ça ! Je t'offre un verre.

– Combien pour deux jus de pomme ?

– Trois Carolus, damoiselle ! dit le vendeur.

Le carolus c'est la monnaie de Charlemagne… vous savez, celui qui, au Moyen-âge, a inventé l'école…

L'école ! Demain c'est aussi l'école ! Martine n'y pensait plus ! Sûr que l'on va y parler beaucoup du Moyen-âge !

– J'ai déjà hâte d'y être pour raconter tout ce que j'ai vu. Allez ! Santé !

martine
au pays des contes

Texte de Jean-Louis Marlier

– Et si nous allions nous promener ? propose Patapouf, en sautant joyeusement sur le lit.
– À cette heure-ci ? Mais il fait déjà nuit… et en plus il pleut ! répond Martine qui a sommeil. Ne me dis pas que tu veux mettre les pattes dehors par ce temps !
– Qui te parle de sortir ? Je te propose une balade à l'intérieur… à l'intérieur de ton livre plein d'histoires et de couleurs.

Il était une fois, il y a très longtemps, un brave petit loriot tout vêtu d'or et de jais. Sa maman l'avait tendrement prénommé « Lorinou ».
Un joyeux loriot que celui-là ! Sitôt sorti de l'œuf, ses chants faisaient déjà rire et danser la forêt entière... Mais pour son malheur, dans la clairière voisine, vivait une sorcière. Cette méchante femme n'aimait que le sinistre concert des crapauds, et l'oisillon babillard la dérangeait beaucoup !
Un jour, exaspérée par cette gentille boule de plumes et son gai ramage, elle lança sur lui une poudre magique en disant :

« Oiseau cessera de gazouiller, en garçonnet sera changé.
Oiseau redeviendra, quand les sept plumes de feu réunira. »

– Où suis-je ? Je connais ce pays ! Ce qui m'entoure ressemble à mon livre d'images. Je dois rêver, c'est certainement ça. Il y a autour de moi une odeur de papier et d'encre, cela fait une drôle d'impression, d'être dans un livre. Si au moins Patapouf m'avait accompagnée, je me sentirais moins seule.

– Oh ! Là, à droite… j'entends quelqu'un qui pleure… Ce petit garçon, je le reconnais ! Vite, je saute sur l'autre page. Un, deux, trois et hop !

– Petit garçon, petit oiseau, ne pleure plus !
– Qui es-tu ?
– Je suis Martine et je sais que ton nom à toi, c'est Lorinou. J'ai déjà lu ce livre qui raconte ton aventure. Je sais que tu recherches les plumes de feu qui mettront fin au sortilège. Acceptes-tu que nous les cherchions ensemble ?
À deux, ce sera bien plus facile.
Tout en parlant, les enfants s'avancent vers une grande forêt très sombre.

– Pauvre Lorinou, dit Martine. Tu es le héros d'une bien étrange histoire. Ceux qui l'ont écrite doivent être un peu fous ! As-tu vu les drôles d'animaux de cette forêt ?
– Qu'est-ce qu'ils ont de si étrange ? Chez toi, ils sont différents ? demande Lorinou étonné.
– Oui ! Chez moi, ils sont plus… enfin, ils sont moins… Remarque, les animaux d'ici sont très bien aussi ! Oh, Regarde ! Des licornes ! C'est la première fois que j'en vois pour de vrai ! Quand je vais raconter ça à Patapouf !
– Patapouf ? C'est qui ? demande Lorinou.
– C'est… une créature fabuleuse qui vit dans mon pays.

– Attention ! Voici la première épreuve.
Nous devons traverser le grand ravin en équilibre sur cet arbre. La **première** plume est là, sur la branche.
– Je me suis toujours demandé ce qu'il y avait tout en bas…
C'est profond ? s'inquiète Martine.

– Personne ne le sait, le dessinateur n'y a rien dessiné !
– C'est encore bien plus inquiétant ! dit Martine qui s'avance prudemment.
Encore trois pas, deux pas… Ouf, nous sommes passés !

– Chuuuut ! Sur cette page, il ne faut pas faire de bruit. Voici le repaire du chat qui porte un chapeau… C'est le chapeauté. Un lointain cousin du chat botté. Il est grand comme une maison et il a un appétit à avaler tout vifs au moins dix enfants comme nous !

– Regarde, la **deuxième** plume est là ! Il faut l'attraper sans faire tinter les grelots. Ne tombe pas !

– Brrr ! dit Lorinou. Les chats, ça me hérisse toujours les plumes.

– Ici, il y a du bleu partout. Les arbres sont bleus, l'herbe est bleue, tout est bleu… Je me demande bien pourquoi.
Les animaux sont bleus pour passer inaperçus car quelque part, tapi dans l'ombre se cache… le loup bleu.
– Le loup ! C'est vrai ! Je me souviens, dit Martine soudain apeurée. Cachons-nous vite derrière les branches. Ce bleu ne tache pas les vêtements, j'espère !
– Inutile de s'attarder. Il n'y a pas de plume de feu sur cette page. Allons plus loin !

– Voici un château comme dans mes rêves !
– … et comme dans mes cauchemars ! intervient le vieux jardinier.
Ici demeure la fée Carabosse. Évitez-la, elle ensorcelle les voyageurs et les oblige à nettoyer le château des caves au donjon, pour toujours !
– Nous venons chercher la **troisième** plume.
– La plume de feu ? C’est impossible ! Elle orne la coiffure de Carabosse, dit la princesse Aurore en pâlissant. Au lieu de vous la donner, elle peut vous changer en lézard ou en araignée.
À moins que… Par cette fenêtre ouverte ! Je vais tenter de l’y amener en détournant son attention…

Nous voilà sur la page de l’ogre à la clé d’or.
– Il a l’air d’un dangereux affamé ! dit Martine.
– Garrabouffe, dangereux ? Oh non ! Je vais te confier un secret : il fait semblant d’être méchant, mais en réalité c’est mon copain.
Parfois, quand le livre est refermé, on joue à cache-cache tous les deux.
Le plus drôle, c’est qu’il est tellement grand qu’il ne parvient jamais à se cacher tout entier.

– Oh ! Garrabouffe ! Réveille-toi et ouvre-nous la porte.
Écarquillant les yeux, l’ogre pousse un grognement terrible !
– Te fatigue pas, mon gros, c’est une amie.

– Plus haut ! Encore plus haut ! Je la vois au sommet de cet arbre.
Je la tiens. Je tiens la **quatrième** plume, s'écrie Lorinou !
– C'est tellement gentil de nous avoir aidés, dit Martine.
Venez quand vous voulez chez moi et je vous préparerai
un énorme gâteau !
Les elfes se mettent à rire.
– Nous ne mangeons pas de gâteau, nous ne buvons
que le nectar des fleurs. Si tu le permets, nous viendrons
peut-être nous abreuver dans ton jardin, un soir d'été.
Merci pour l'invitation !

– Nous voici dans le territoire du dragon. Pour un oui ou pour un non, il crache d'énormes gerbes de feu ! Avec ses bêtises il fait des trous partout ! Il va finir par mettre le feu au livre ! dit Martine. Si j'étais sa maman je ne le laisserais pas jouer avec les allumettes !

– La **cinquième** plume est sous une pierre calcinée. La voici !
– Prends-la, Martine, et sauvons-nous !

– Cette histoire est complètement folle ! Nous quittons le feu du dragon pour nous jeter dans l'océan.

– Plonge, Martine ! Plonge avec moi ! La **sixième** plume est tout au fond, dans le grand coquillage.

Au loin là-bas, la plage de sable blanc et les palmiers, c'est l'île au trésor. Les pirates des sept mers sont venus y cacher coffres, bijoux, tissus précieux et pièces d'or.

– Non ! Ce n'est pas possible ! La septième plume n'est pas à sa place !

– Tout est perdu, se désole Lorinou. Jamais plus je ne redeviendrai oiseau !

– Ne perds pas courage ! dit Martine. Je pense que la sorcière A TRICHÉ ! Cette plume se trouve chez elle et nous allons la lui reprendre ! Voici mon plan. Il faut réunir nos amis…

– Madame la sorcière ! crie Martine. Sortez vite ! Lorinou a trouvé les sept plumes !
– Vous mentez ! rugit la sorcière. C'est impossible ! Il ne peut les avoir toutes ! La **septième**, c'est moi qui l'ai ! Elle est ici, dans ma main !
Alors, rapide comme l'éclair, l'elfe saisit la plume. Au même instant Garrabouffe avale, d'un coup, d'un seul, la sorcière et son chapeau.

– Burp ! Cette sorcière a bien mauvais goût ! dit l'ogre en recrachant le balai.

– Bravo Garrabouffe ! Bravo petit elfe ! s'exclame Martine. Grâce à vous, nous avons les sept plumes ! Lorinou va redevenir oiseau ! Il faut que je vous embrasse !

Garrabouffe ne se le fait pas dire deux fois… Il a ôté son chapeau et, quand Martine dépose sur sa joue un gentil baiser, le géant rougit comme une demoiselle.

– Enfin redevenir oiseau !
Quelle chance ! dit Lorinou le loriot !
Mes ailes me manquent tellement !
Je vais à nouveau pouvoir chanter
haut dans le ciel. Merci !
Merci à vous tous pour…
Il n'a pas le temps de finir sa phrase
car le maléfice prend fin.
Sous les yeux de Martine
émerveillée, l'oiseau reprend
son vol !
– Envole-toi haut ! Très haut ! crie
Martine. Nous avons réussi !

– Nous avons réussi ! Nous avons réussi !
– Woûaff ! Réveillé par la voix de Martine, Patapouf saute sur le lit pour lui souhaiter le bonjour.
– Oh ! Patapouf ! Si tu savais ! J'étais dans un livre avec Lorinou l'oiseau. C'est formidable, les livres. Quand on sait lire, on fait des voyages merveilleux, on découvre des amis, on vit plein d'aventures.

Patapouf la regarde :
– La prochaine fois, tu m'emmèneras ? Dis ! Tu m'emmèneras ?
– Où ? demande Martine. Dans mes rêves ?

– Non ! À l'école. Je veux apprendre à lire !

martine
l'arche de Noé

Texte de Jean-Louis Marlier

– Allô, maman ? La radio dit que c'est la tempête du siècle ? Ne t'inquiète pas, le chalet du garde-chasse est solide. Et puis nous sommes dans une clairière. Les arbres ne risquent pas de tomber sur nous.

Allô ? Je t'entends très mal ! Allô ?
Plus de téléphone !
Quelle déveine ! Martine est venue passer trois jours de vacances, en forêt, pour observer les animaux.
Le refuge tremble et gémit… Martine n'en mène pas large ! Heureusement, elle est avec Florence, une "grande" qui n'a peur de rien. Elle a déjà fait le tour du monde ! Martine se rassure un peu en la voyant manger de bon appétit.

Tard dans la nuit, alors que Flo dort paisiblement, Martine veille. Brusquement, le souffle du vent ouvre les volets et elle peut voir au loin les arbres qui se courbent… Soudain une chose étrange traverse le ciel…

– Dis, Florence ! J'ai vu…

– Laisse-moi dormir !

À quoi bon réveiller son amie pour lui dire ce qu'elle vient de voir passer là-haut… Martine éteint la bougie et se blottit dans le lit.

– Un éléphant ? s'étonne Flo, le lendemain.
Tu as vu passer un éléphant dans le ciel ?
Un éléphant d'Afrique ou d'Asie ? dit-elle
avec un grand sourire !
Comment étaient ses ailes ?
– J'ai peut-être rêvé, admet Martine.
Pourtant…
– Allons, la tempête s'est calmée.
Mettons-nous en route ! dit Flo.
Dans la brume du matin, les deux
amies avancent sans bruit.
– Plus un geste ! ordonne Flo à
voix basse. Regarde bien !

À droite trois lapins, droit devant,
un écureuil et puis là, une chouette !
Les animaux sont à quelques mètres.
Martine ne les avait même
pas vus.

– Moi aussi, je veux être la première à
apercevoir quelque chose, se dit-elle.

C'est alors que dans ses jumelles…

– Là ! Un… un tigre !

Flo se met à rire.

Apeurés, lapins, écureuil et hulotte, d'un bond, d'un saut, d'un vol, disparaissent aussitôt…

… Seul le tigre n'a pas bougé.

Car Martine ne s'est pas trompée. Là, dans les herbes hautes, il y a bien un tigre.

Florence l'aperçoit ; elle reste la bouche ouverte, les yeux écarquillés.

Saisissant Martine par le bras, elle murmure en remuant à peine les lèvres :

– Reculons vers le sous-bois, dou-ce-ment !

– Et maintenant ? Demande Martine.

– Maintenant on court très très vite !

– Stop ! crie Martine.
Là… devant nous,
un… un…

– Un rhino… un rhinocéros ! Florence n’en croit pas ses yeux… Viens, il ne faut pas le déranger pendant sa sieste !

– Que s’est-il donc passé cette nuit ? demande Martine. Tu crois qu’ils se sont échappés d’un zoo ?

– En tout cas, mieux vaut éviter ce genre d’animal.

– Il y en a peut-être d’autres ! ajoute Martine inquiète. Et puis peut-être aussi que certains… commencent à avoir faim !

– On s'arrête un moment ! décide alors Florence.
Il faut garder son calme et réfléchir. Voyons la carte. Ma boussole… Pour être en sécurité, il faut aller vers le centre du parc.
On trouvera certainement des gens pour nous aider… Le sud est par là… C'est bon, allons droit devant.

– Regarde ! lance Martine. Là ! Une voiture ! Nous sommes sauvées ! Monsieur ! crie-t-elle en s'approchant. Monsieur ! **Ahhh !**

Martine fait trois pas en arrière. La personne à qui elle croyait s'adresser est en réalité un énorme gorille…

– Bien dormi malgré la tempête ?

Enfin quelqu'un ! C'est le garde-chasse avec sa bonne figure rassurante. Oh, comme Martine est heureuse de le voir, celui-là !

– Si vous avez dormi, vous avez de la chance ! reprend le garde. Moi, j'ai passé la nuit à courir derrière tous les animaux du décor.

– Comment ? Ce sont des… faux ? questionne Florence qui s'approche.

– Pourquoi ? Vous avez pensé qu'ils étaient vrais ? dit le garde amusé.

– Euh… Bien sûr que non ! répondent en chœur Martine et Flo.

– Quelle nuit ! On s'en souviendra ! reprend le garde. Le plus à plaindre c'est le sculpteur… Vous l'avez vu au kiosque ? Il fait peine à voir… Allez-y. Il a besoin d'être réconforté !

– Bonjour, dit Martine, timide.

– Bonjour, dit le sculpteur. Vous avez vu ce désastre ? Depuis plus de deux ans, je travaille d'arrache-pied à la réalisation de cette arche de Noé. J'ai créé tous les animaux un par un, pour qu'ils soient le plus proches possible de la réalité.

Mais la tempête s'est levée avant que j'aie eu le temps de les fixer sur le bateau et voilà tous mes enfants envolés. L'arche devait être inaugurée dans deux jours au milieu du parc…

– Mais… dit Martine. En deux jours, tout est possible.

Vos animaux, on peut les retrouver. Nous vous aiderons à les chercher…

– C'est gentil, répond le monsieur avec un sourire. Vous avez raison, il ne faut pas se décourager.

Florence et Martine se lancent alors dans un étrange safari. Elles ont deux jours pour retrouver tous les animaux de la terre.

Le premier qu'elles découvrent, c'est l'ours sous la cascade.

Évidemment les gros animaux sont faciles à trouver…

Mais les petits, on dirait vraiment qu'ils aiment jouer à cache-cache.

– Où sont-ils ?

– Dans les rhododendrons peut-être ?

TUUUT-TUUUT !

– Ohé du petit train !

Venez nous rejoindre. On joue à "qui va retrouver le plus grand nombre d'animaux en un minimum de temps".

– Ce qu'il est lourd ce crocodile !

– Moi, j'ai une toute petite souris !

– Et moi un… j 'sais pas le nom !

Si tout le monde se mobilise, l'arche aura bien vite retrouvé tous ses passagers !

– Cherchez bien ! Il manque les tortues, les loirs, les koalas…

La charmille a beaucoup souffert de la tempête avec la chute des branches.

– Quel chantier ! soupire Martine.

– Regarde, là ! Une boule de poils roux ! Un renard !

– Dégageons-le ! J'espère qu'il n'est pas cassé !

Mais… il est tout chaud et puis tellement doux, on dirait qu'il est…

Soudain, hop !

Délivré de la branche qui le tenait prisonnier, le renard saute des bras de Martine et s'enfuit sans dire merci ni demander son reste.

– C'était un vrai de vrai et je le tenais contre moi ! dit Martine, toute tremblante d'émotion. Celui-là n'était pas fait pour l'arche de Noé…

Voyons, voyons, qu'est-ce qu'il nous manque encore ? Un opossum et puis…

… Et puis il manque ce stupide raton laveur qui a terminé son vol plané plusieurs mètres au-dessus de la rivière, accroché au pont suspendu. S'il tombe dans l'eau, le courant l'emportera et on ne le retrouvera jamais…

Que faire ?
Florence, qui n'a pas le vertige, décide de tenter le sauvetage.
– Sois prudente ! supplie Martine.
Est-il vraiment indispensable ?
Ce raton est tout mouillé ! Il glisse comme un savon !
– Ne t'inquiète pas. Je le tiens.

– Ohé ! Venez voir ! Là-haut, c'est le “cheval de Troie”, le grand toboggan. Pour y monter, il faut escalader le “pont de singe”. Des enfants viennent d'y trouver un petit animal coincé dans les cordages. Ici, Martine n'a pas peur. Il n'y a pas de danger. Le pont de corde est fait pour les enfants.

– Allons, petit fennec, dit doucement Martine, tu as eu de la chance de trouver ce filet sur ta route. Avec tes grandes oreilles, tu serais peut-être encore en train de voler dans le ciel…

Mais le ciel n'est pas fait
pour les fennecs… Le plus
dur c'est de revenir sur
terre. Tu as vraiment de la
chance, tu vas découvrir
le plus chouette moyen
de redescendre :
le grand toboggan !
Attention, je prends
mon élan…
Une, deux, trois !
Ça va vite et ça tourne et
ça descend, **whaou !**
C'est chouette, non ?
– Je parie que tu veux
recommencer !

Aujourd'hui on inaugure l'arche de Noé…
– Tu as vu, mon Patapouf, comme c'est beau ! Mais ça n'a pas été facile ! Ce qu'on a ramé pour remplir ce bateau !
Enfin, maintenant tous les animaux sont là…
– Presque tous.
– Presque tous ?

Qu'est-ce que tu racontes, Patapouf ? Je t'assure que nous les avons tous retrouvés : les animaux du ciel, de la terre, d'Asie, d'Afrique, d'Océanie, d'Amérique et d'Europe…
Il n'en manque vraiment aucun et… Mais si ! Tu as raison, il y manque… un Patapouf !

http://www.casterman.com

D'après les personnages créés par Gilbert Delahaye et Marcel Marlier / Léaucour Création.
Achevé d'imprimer en décembre 2009 en Chine par Leo Paper. Dépôt légal : Septembre 2007 ; D. 2007/0053/522.
Déposé au ministère de la Justice, Paris (loi n° 49.956 du 16 juillet 1949 sur les publications destinées à la jeunesse).